Colin und Fritz
Die grünen Felder der Hoffnung
Alisa Kevano

© 2024
likeletters Verlag
Inh. Martina Meister
Legesweg 10
63762 Großostheim
www.likeletters.de
info@likeletters.de

Alle Rechte vorbehalten.

Autorin: Alisa Kevano
Bildquelle: Midjourney

ISBN: 9783689490089

Teilweise kam für dieses Buch künstliche Intelligenz zum Einsatz.

Dies ist eine frei erfundene Geschichte. Ähnlichkeiten mit real existierenden Personen sind zufällig und nicht beabsichtigt.

Inhaltsverzeichnis

Kapitel 1	9
Kapitel 2	14
Kapitel 3	18
Kapitel 5	30
Kapitel 6	40
Kapitel 7	46
Kapitel 8	59
Kapitel 9	65
Kapitel 10	70
Kapitel 11	76
Kapitel 12	83
Epilog	85

Kapitel 1

Fritz Müller war der Typ Mann, der einen Raum betreten und sofort alle Blicke auf sich ziehen konnte. Mit seinen gut geschnittenen Anzügen und seinem gepflegten Äußeren strahlte er die Souveränität eines erfolgreichen Geschäftsmanns aus.

Fritz war Mitte dreißig, hatte dunkelblondes Haar, das er stets perfekt frisierte, und seine blauen Augen funkelten vor Selbstbewusstsein. Er war einer der führenden Immobilienmakler in Grünsleben, einer charmanten kleinen Stadt, die für ihre grünen Landschaften und ihr idyllisches Flair bekannt war.

An diesem Morgen stand Fritz vor dem Spiegel in seinem geräumigen, modern eingerichteten Schlafzimmer und knotete seine Krawatte.

Ein wichtiger Tag lag vor ihm: Die Stadtratssitzung, bei der das geplante Bauprojekt am Stadtrand besprochen werden sollte. Für Fritz war dieses Projekt mehr als nur eine berufliche Herausforderung. Es war eine Gelegenheit, seinen Einfluss und seine Vision für eine moderne Stadtentwicklung zu demonstrieren.

Während er sein Frühstück hastig zu sich nahm, ging er gedanklich noch einmal seine Präsentation durch. Er wusste, dass es Widerstand geben würde.

Besonders von den Umweltschützern, die das Naturreservat am Stadtrand verteidigen wollten. Aber Fritz war überzeugt, dass das Projekt der Stadt wirtschaftlichen Aufschwung bringen würde. Neue Arbeitsplätze, modernerer Wohnraum und die Möglichkeit, Grünsleben als attraktiven Standort für junge Familien und Fachkräfte zu etablieren – das waren seine Argumente.

Fritz nahm einen letzten Schluck Kaffee und warf einen Blick auf die Uhr. Es war Zeit, loszufahren.

Er schnappte sich seine Aktentasche und verließ das Haus, das er vor einigen Jahren in einer ruhigen Wohngegend von Grünsleben gekauft hatte. Sein Auto, ein eleganter schwarzer BMW, stand bereits in der Einfahrt. Fritz liebte diesen Wagen – er war ein Symbol für seinen Erfolg und seinen anspruchsvollen Geschmack.

Die Fahrt ins Rathaus verlief reibungslos. Während er durch die Straßen von Grünsleben fuhr, grüßte er die bekannten Gesichter, die ihm zuwinkten. Fritz war in der Stadt bekannt und beliebt. Seine Freundlichkeit und sein Engagement für die Gemeinde hatten ihm viele Sympathien eingebracht.

Doch heute spürte er die Nervosität in seinem Magen. Er wusste, dass es keine leichte Sitzung werden würde.

Im Rathaus angekommen, betrat Fritz den Konferenzraum, der sich langsam mit Menschen füllte. Er nickte den Anwesenden zu, tauschte ein paar höfliche Worte aus und nahm schließlich seinen Platz am vorderen Tisch ein. Seine Präsentationsunterlagen lagen ordentlich vor ihm, und er war bereit, seine Argumente vorzutragen.

Während er sich umsah, fiel ihm ein Mann auf, der am Rand des Raumes stand und sich angeregt mit einer Gruppe von Leuten unterhielt. Fritz erkannte ihn sofort: Colin Weber, der bekannte Umweltschützer, der kürzlich aus Berlin zurückgekehrt war. Colin hatte sich sofort als vehementer Gegner des Bauprojekts positioniert und bereits mehrere Artikel und Interviews zu diesem Thema veröffentlicht.

Fritz hatte Colin bisher nur aus der Ferne gesehen, aber jetzt, da er ihn so nah vor sich hatte, konnte er nicht anders, als den starken Kontrast zwischen ihnen zu bemerken. Colin war lässig gekleidet, trug eine Jeans und ein T-Shirt mit einem Umweltlogo. Sein braunes Haar war etwas zerzaust, und in seinen grünen Augen lag ein entschlossener Ausdruck. Trotz ihrer gegensätzlichen Ansichten konnte Fritz nicht leugnen, dass Colin eine beeindruckende Präsenz hatte.

«Also, das wird interessant», murmelte Fritz vor sich hin und richtete seinen Blick wieder auf seine Unterlagen. Er wusste, dass er heute einen starken Gegner hatte, aber er war entschlossen, seine Vision für Grünsleben zu verteidigen.

Kapitel 2

Colin Weber spürte die vertraute Aufregung, als er durch die Straßen von Grünsleben ging. Es war schön, wieder zu Hause zu sein, trotz der Umstände. Nach mehreren Jahren in Berlin, wo er für verschiedene Umweltorganisationen gearbeitet hatte, war er zurück in seiner Heimatstadt, die er immer noch sehr liebte. Grünsleben hatte etwas Beruhigendes und gleichzeitig Inspirierendes an sich, mit seinen weiten Feldern, dichten Wäldern und der charmanten Altstadt.

Colin war in den frühen Dreißigern, hatte braunes, leicht zerzaustes Haar und grüne Augen, die vor Leidenschaft für seine Sache funkelten. Er war athletisch gebaut, dank seiner vielen Outdoor-Aktivitäten, und heute trug er wie üblich eine Jeans und ein T-Shirt mit dem Logo der Umweltschutzorganisation, für die er arbeitete. Für Colin war es nie nur ein Job gewesen. Es war eine Mission, die Welt zu einem besseren Ort zu machen, und er war fest entschlossen, dies auch in Grünsleben zu tun.

Der Weg führte ihn zum Rathaus, wo heute die entscheidende Stadtratssitzung stattfinden sollte. Ein Bauprojekt am Stadtrand bedrohte das Naturreservat, das Colin seit seiner Kindheit liebte. Die Entscheidung, gegen das Projekt zu kämpfen, fiel ihm leicht. Die Vorstellung, dass diese wertvolle Naturlandschaft durch Beton und Asphalt ersetzt werden könnte, war für ihn inakzeptabel.

Colin war einer der ersten, die im Rathaus ankamen. Er hatte sich mit einigen anderen Umweltschützern verabredet, um letzte Details zu besprechen. Während sie im Foyer des Gebäudes standen und ihre Pläne durchgingen, fiel sein Blick immer wieder auf die Menschen, die nach und nach eintrafen. Unter ihnen war auch Fritz Müller, der Immobilienmakler, der das Bauprojekt energisch unterstützte.

Colin hatte schon von Fritz Müller gehört. Ein erfolgreicher Geschäftsmann, der für seine charismatische Art und seinen Erfolg in der Immobilienbranche bekannt war. Fritz sah genauso aus, wie Colin ihn sich vorgestellt hatte: elegant gekleidet, selbstbewusst und mit einer Aura, die klar signalisierte, dass er gewohnt war, seinen Willen durchzusetzen.

«Das wird kein leichter Kampf», dachte Colin bei sich, während er Fritz beobachtete, wie er den Raum betrat und sofort einige Hände schüttelte. «Aber wir müssen alles geben, um das Reservat zu retten.»

Die anderen Umweltschützer um Colin herum nickten zustimmend, als er seine Gedanken laut aussprach.

«Wir müssen deutlich machen, dass es hier nicht nur um ein paar Bäume geht», sagte er. «Dieses Naturreservat ist ein wichtiger Lebensraum für viele seltene Pflanzen und Tiere. Und es ist ein Stück Geschichte und Identität unserer Stadt.»

Mit diesen Worten im Hinterkopf betrat Colin den Konferenzraum, der sich inzwischen gut gefüllt hatte. Er suchte sich einen Platz in der Nähe seiner Mitstreiter und bereitete sich mental auf die bevorstehende Debatte vor. Er wusste, dass Fritz und die Befürworter des Projekts starke Argumente vorbringen würden, aber Colin war fest entschlossen, seine Sache leidenschaftlich zu vertreten.

Kapitel 3

Der Konferenzraum im Rathaus war bis auf den letzten Platz gefüllt. Menschen aus verschiedenen Teilen der Stadt waren gekommen, um an der wichtigen Stadtratssitzung teilzunehmen. Die Atmosphäre war gespannt, und man konnte förmlich die unterschiedlichen Meinungen in der Luft spüren. Fritz und Colin saßen auf gegenüberliegenden Seiten des Raumes, jeder umgeben von seinen Unterstützern.

Der Bürgermeister eröffnete die Sitzung mit einer formellen Begrüßung und ging dann direkt zum Hauptthema über: das geplante Bauprojekt am Stadtrand. Fritz war als erster Redner aufgerufen und stand selbstbewusst auf. Seine vorbereitete Präsentation lag ordentlich auf dem Rednerpult, und er warf einen letzten Blick darauf, bevor er mit seiner Rede begann.

«Meine Damen und Herren», begann Fritz mit fester Stimme. «Ich möchte Ihnen heute die Vorteile des geplanten Bauprojekts am Stadtrand von Grünsleben vorstellen. Dieses Projekt bietet nicht nur dringend benötigten Wohnraum, sondern auch neue Arbeitsplätze und eine moderne Infrastruktur, die unsere Stadt weiter voranbringen wird.»

Fritz sprach über die ökonomischen Vorteile, die verbesserten Wohnmöglichkeiten und die nachhaltigen Bauweisen, die berücksichtigt würden. Er betonte, dass alle Umweltauflagen erfüllt würden und das Projekt sowohl für die Stadt als auch für ihre Bewohner von großem Nutzen sein würde. Seine Rede war gut strukturiert und überzeugend, und viele im Raum nickten zustimmend.

Als Fritz seine Rede beendet hatte, war Colin an der Reihe. Er stand auf und ging mit entschlossenen Schritten zum

Rednerpult. Seine Augen funkelten vor Leidenschaft, und seine Stimme war fest, als er begann zu sprechen.

«Sehr geehrte Damen und Herren», sagte Colin, «wir stehen hier vor einer Entscheidung, die weitreichende Konsequenzen für unsere Umwelt und unser kulturelles Erbe haben wird. Das Naturreservat, das durch dieses Bauprojekt bedroht ist, ist nicht nur ein Lebensraum für zahlreiche seltene Pflanzen und Tiere, sondern auch ein Ort der Ruhe und Erholung für die Menschen in unserer Stadt.»

Colin sprach über die Bedeutung des Naturreservats, die seltenen Arten, die dort heimisch waren, und die kulturelle Bedeutung des Gebiets für Grünsleben. Er argumentierte, dass der Verlust dieses wertvollen Naturraums unwiderruflich wäre und dass es alternative Lösungen geben müsse, um Wohnraum zu schaffen, ohne die Natur zu zerstören.

Die Debatte zwischen Fritz und Colin war intensiv. Beide brachten ihre stärksten Argumente vor, unterstützt von ihren jeweiligen Anhängern. Es war ein Aufeinandertreffen zweier starker Persönlichkeiten mit gegensätzlichen Visionen für die Zukunft von Grünsleben. Doch trotz der hitzigen Diskussion war auch eine gewisse gegenseitige Anerkennung spürbar.

Während Fritz sprach, konnte Colin nicht anders, als die Souveränität und das Selbstbewusstsein zu bewundern, mit dem Fritz seine Argumente vortrug. Und als Colin an der Reihe war, spürte Fritz die Leidenschaft und das tiefe Engagement, das Colin in seine Rede legte. Es war klar, dass beide Männer fest an das glaubten, wofür sie kämpften.

Die Sitzung zog sich in die Länge, und die Diskussionen wurden immer hitziger. Schließlich beschloss der Bürgermeister, die Entscheidung zu vertagen, um weiteren Beratungen Raum zu geben. Die Anwesenden erhoben sich langsam von ihren Plätzen, und die meisten verließen den Raum, um sich draußen weiter zu unterhalten.

Fritz und Colin blieben kurz zurück und warfen sich einen langen Blick zu. Für einen Moment schien die Welt um sie herum stillzustehen.

Beide wussten, dass dies nur der Anfang eines langen Kampfes war, doch tief in ihrem Inneren spürten sie auch eine unerwartete Anziehungskraft.

Vielleicht war es der Respekt vor der Überzeugung des anderen, oder etwas Undefinierbares, das sie miteinander verband.

Schließlich wandte Colin sich ab und ging, ohne ein Wort zu sagen. Fritz sah ihm nach, unsicher, was er von dieser Begegnung halten sollte.

Doch eines war klar: Das letzte Wort in dieser Angelegenheit war noch nicht gesprochen.

Kapitel 4

Colin war erschöpft.
Die Debatte hatte viel Energie gekostet, und er brauchte dringend eine Pause. Er entschied sich, ins ‚Grüne Eck' zu gehen, ein kleines, gemütliches Café in der Altstadt von Grünsleben, das für seinen hervorragenden Kaffee und die entspannte Atmosphäre bekannt war.
Als Colin das Café betrat, begrüßte ihn der Duft von frisch gebrühtem Kaffee und Gebäck. Er winkte der freundlichen Barista zu, die ihn seit seiner Rückkehr regelmäßig bediente.
«Ein großer Kaffee, bitte», sagte er und ließ sich auf einen der freien Plätze am Fenster fallen. Von hier aus konnte er die Leute beobachten, die vorbeigingen, und seine Gedanken ordnen.
Colin nahm einen Schluck von seinem heißen Kaffee und lehnte sich zurück. Seine Gedanken kreisten um die Stadt-

ratssitzung und die nächsten Schritte, die er unternehmen musste, um das Naturreservat zu schützen.

Plötzlich klingelte die Türglocke des Cafés, und als Colin aufsah, trat Fritz Müller herein. Colin war überrascht. Das Café war eher ein Treffpunkt für die alternative Szene von Grünsleben, nicht unbedingt der Ort, an dem er einen Immobilienmakler erwartete.

Fritz schien Colin zunächst nicht zu bemerken. Er ging zur Theke, bestellte einen Cappuccino und sah sich dann nach einem Platz um. Als seine Augen auf Colin fielen, zögerte er kurz, bevor er sich entschloss, zu ihm zu gehen.

«Darf ich mich setzen?», fragte Fritz mit einem freundlichen Lächeln, das nichts von der Spannung der Sitzung erkennen ließ.

Colin nickte.

«Natürlich, setz dich.»

Fritz stellte seinen Cappuccino auf den Tisch und nahm Platz.

«Ich hätte nicht gedacht, dich hier zu treffen», begann er und rührte langsam in seinem Kaffee.

«Nach der Sitzung wollte ich einfach etwas Ruhe haben», antwortete Colin ehrlich.

Fritz nickte verständnisvoll.

«Das kann ich gut nachvollziehen. Die Sitzung war wirklich anstrengend.»

Eine kurze, etwas unangenehme Stille folgte, während beide Männer an ihren Getränken nippten. Doch dann brach Fritz das Schweigen. «Weißt du, Colin, ich respektiere wirklich dein Engagement für das Naturreservat. Du hast heute sehr überzeugend gesprochen.»

Colin war überrascht von der Ehrlichkeit in Fritz' Stimme.

«Danke, Fritz. Das bedeutet mir viel. Auch wenn wir auf unterschiedlichen Seiten stehen, respektiere ich deine Position ebenfalls. Du hast das Bauprojekt sehr gut vertreten.»

Ein leichtes Lächeln spielte um Fritz' Lippen.

«Vielleicht gibt es ja doch einen Weg, unsere beiden Ziele zu vereinen», sagte er vorsichtig. «Ich meine, warum sollten wirtschaftliche Entwicklung und Umweltschutz sich ausschließen?»

Colin lehnte sich zurück und betrachtete Fritz nachdenklich.

«Das ist ein interessanter Gedanke. Aber wie stellst du dir das vor?»

Fritz nahm einen Schluck von seinem Cappuccino, bevor er antwortete.

«Vielleicht könnten wir uns zusammensetzen und über mögliche Kompromisse sprechen. Wege finden, wie wir das Projekt anpassen können, um den Umweltschutz stärker zu berücksichtigen. Ich bin offen für Vorschläge, und ich glaube, viele der Investoren wären es auch.»

Colin war skeptisch, aber die Aufrichtigkeit in Fritz' Augen ließ ihn hoffen.

«Das klingt nach einem guten Ansatz. Wir sollten definitiv darüber sprechen. Vielleicht gibt es tatsächlich eine Lösung, die für beide Seiten akzeptabel ist.»

Für einen Moment schien die Anspannung zwischen ihnen nachzulassen. Sie setzten ihr Gespräch fort und entdeckten, dass sie trotz ihrer unterschiedlichen Standpunkte auch viele gemeinsame Interessen hatten. Sie sprachen über ihre Lieblingsplätze in Grünsleben, die besten Wanderwege und sogar über ihre Lieblingsbücher.

Die Zeit verging wie im Flug, und bevor sie es merkten, war es draußen dunkel geworden. Colin war erstaunt, wie leicht und angenehm das Gespräch mit Fritz war. Vielleicht war dieser Mann doch nicht der unnachgiebige Geschäftsmann, den er in ihm gesehen hatte.

Als sie schließlich aufstanden, um zu gehen, fühlte sich Colin erfrischt und optimistisch.

«Es war schön, mit dir zu reden. Vielleicht sollten wir das wiederholen.»

Fritz lächelte.

«Das fände ich gut. Vielleicht können wir gemeinsam eine Lösung für das Projekt finden.»

Mit einem letzten freundlichen Nicken verließen sie das Café.

Kapitel 5

In den folgenden Tagen trafen sich Fritz und Colin öfter, um über mögliche Kompromisse für das Bauprojekt zu sprechen. Was als professionelle Treffen begann, entwickelte sich bald zu lockeren Unterhaltungen und gemeinsamen Aktivitäten. Ihre Gespräche fanden nicht nur in Büroräumen statt, sondern oft auch im Freien, wo Colin Fritz die Schönheit und Bedeutung des Naturreservats zeigte.

An einem sonnigen Nachmittag standen sie auf einer kleinen Lichtung, umgeben von hohen Eichen und dem Gesang der Vögel.

«Schau dir das an, Fritz», sagte Colin und zeigte auf eine Gruppe seltener Orchideen, die in voller Blüte standen. «Diese Blumen sind einzigartig und ein wichtiger Teil des Ökosystems hier.»

Fritz bückte sich, um die Blumen genauer zu betrachten.

«Ich hätte nie gedacht, dass es hier so etwas gibt», gestand er. «Ich habe diese Gegend immer nur als ungenutztes Land gesehen.»

Colin lächelte.

«Viele Menschen sehen das so. Aber wenn man genauer hinsieht, entdeckt man, wie wertvoll und faszinierend die Natur ist. Und das möchte ich schützen.»

Fritz nickte nachdenklich. Er war beeindruckt von Colins Wissen und Leidenschaft.

«Ich verstehe deinen Standpunkt immer besser. Vielleicht gibt es wirklich Wege, unser Projekt anzupassen, um diese Bereiche zu erhalten.»

«Weißt du, Fritz», sagte Colin, als sie auf einer Bank am Rande des Reservats saßen, «ich glaube, es geht nicht nur darum, was wir bauen, sondern wie wir es bauen. Nachhaltigkeit bedeutet, dass

wir die Bedürfnisse der Gegenwart befriedigen, ohne die Möglichkeiten künftiger Generationen zu gefährden.»
Fritz nickte.
«Du hast recht, Colin. Und ich denke, dass wir das in unserem Projekt berücksichtigen können. Wir könnten zum Beispiel umweltfreundliche Baumaterialien verwenden, Grünflächen integrieren und darauf achten, dass der Bau möglichst wenig in die Natur eingreift.»
Colin sah Fritz an und lächelte.
«Ich glaube, wir kommen der Sache näher. Vielleicht können wir wirklich etwas bewirken. Erzähl mir mehr über deine Vision für nachhaltiges Bauen», bat Colin nach einer Weile.
Fritz lehnte sich zurück und dachte nach.
«Für mich bedeutet nachhaltiges Bauen, Materialien zu verwenden, die umweltfreundlich sind, und Gebäude zu schaffen, die wenig Energie verbrauchen.

Aber es geht auch darum, Räume zu schaffen, die Menschen inspirieren und ihnen ein gutes Gefühl geben.»
Colin nickte zustimmend.
«Das klingt gut. Und ich glaube, dass wir das in unserem Projekt umsetzen können. Vielleicht könnten wir sogar Solaranlagen und Regenwassernutzung integrieren.»
«Das sind großartige Ideen», sagte Fritz. «Ich denke, wir könnten auch Gemeinschaftsgärten anlegen, wo die Bewohner ihr eigenes Gemüse anbauen können. Das würde nicht nur die Umwelt schonen, sondern auch das Gemeinschaftsgefühl stärken.»
Colin lächelte.
«Ich wusste, dass wir auf einen gemeinsamen Nenner kommen würden. Es ist wirklich erfrischend, jemanden zu treffen, der so offen für neue Ideen ist.»
Fritz erwiderte das Lächeln.
«Ich schätze, dass du mich dazu bringst, die Dinge anders zu sehen.

Und ich muss zugeben, dass ich unsere Gespräche sehr genieße.»

Als die Sonne höher stieg, machten sie sich langsam auf den Rückweg.

«Was hältst du davon, wenn wir uns nächste Woche wieder hier treffen?», fragte Colin. «Ich habe das Gefühl, dass wir noch viel zu besprechen haben.»

«Das klingt nach einem Plan», antwortete Fritz. «Ich freue mich schon darauf.»

Sie verabschiedeten sich vor dem Eingang des Reservats, und Fritz machte sich auf den Weg zurück in die Stadt. Während er fuhr, dachte er über den Tag nach und darüber, wie sehr sich seine Sichtweise geändert hatte. Colin hatte ihm eine Welt gezeigt, die er vorher nicht gekannt hatte, und dafür war er dankbar.

Colin blieb noch eine Weile vor dem Eingang stehen und sah Fritz nach. Er fühlte eine Wärme in sich aufsteigen, die nichts mit der Sonne zu tun hatte.

Einige Tage nach ihrem Spaziergang im Naturreservat fand Fritz sich an einem Freitagabend aufgeregt und etwas nervös in seiner Küche wieder. Er hatte Colin spontan zu sich nach Hause eingeladen, um weiter über das Bauprojekt und die möglichen Kompromisse zu sprechen. Aber es war nicht nur das Projekt, das Fritz beschäftigte. Er freute sich auf die Gelegenheit, Colin besser kennenzulernen, und vielleicht auch, um herauszufinden, was es mit der wachsenden Anziehungskraft zwischen ihnen auf sich hatte.

Die Wohnung war modern und stilvoll eingerichtet, eine Mischung aus minimalistischen Möbeln und einigen persönlichen Akzenten, die seine Vorliebe für Kunst und Design widerspiegelten. Fritz hatte beschlossen, etwas Einfaches, aber Beeindruckendes zu kochen: ein Lachsfilet mit einer Zitronen-Dill-Sauce, dazu geröstetes Gemüse und ein frischer Salat.

Als es an der Tür klingelte, war Fritz gerade dabei, den Tisch zu decken. Er ging zur Tür und öffnete sie mit einem Lächeln.

«Hey, Colin. Schön, dass du gekommen bist.»

Colin stand lächelnd vor ihm, eine Flasche Wein in der Hand.

«Danke für die Einladung. Ich freue mich schon auf den Abend.»

Fritz nahm die Flasche entgegen und winkte Colin herein.

«Mach es dir bequem. Das Essen ist fast fertig.»

Colin sah sich interessiert in der Wohnung um.

«Dein Zuhause ist wirklich schön. Es passt zu dir.»

«Danke», sagte Fritz und fühlte sich geschmeichelt. «Ich habe viel Zeit und Mühe investiert, um es genau so zu gestalten.»

Colin nahm auf einem der Barhocker in der offenen Küche Platz, während Fritz die letzten Handgriffe beim Kochen erledigte.

«Ich bin gespannt, was du gezaubert hast. Es riecht schon mal fantastisch.»

«Ich hoffe, es schmeckt dir», erwiderte Fritz, während er die Teller anrichtete.

Sie setzten sich an den Esstisch und begannen zu essen. Das Gespräch drehte sich zunächst um das Bauprojekt und die Fortschritte, die sie gemacht hatten. Doch schon bald drifteten sie ab und sprachen über persönlichere Themen.

«Erzähl mir mehr über deine Zeit in Berlin», bat Fritz, als sie beim Wein saßen und das Essen genossen.

Colin nahm einen Schluck Wein und lehnte sich zurück. «Berlin war aufregend. Ich habe dort für verschiedene Umweltorganisationen gearbeitet und viel über städtische Nachhaltigkeit gelernt. Aber irgendwann habe ich gemerkt, dass ich meine Heimat vermisse. Grünsleben hat eine besondere

Bedeutung für mich, und ich wollte etwas zurückgeben.»

«Das verstehe ich», sagte Fritz nachdenklich. «Seit ich hier lebe, bin ich viel gelassener geworden. Es gibt etwas Beruhigendes und Vertrautes an diesem Ort.»

«Genau», stimmte Colin zu. «Und deshalb ist es so wichtig, dass wir das Naturreservat schützen. Es ist ein Teil dessen, was Grünsleben ausmacht.»

Fritz nickte und lächelte.

«Ich bin froh, dass wir gemeinsam an einer Lösung arbeiten können.»

Als der Abend fortschritt, wurde die Stimmung entspannter.

Gegen Mitternacht, als die Flasche Wein fast leer und das Essen längst verzehrt war, stand Colin auf und ging zur Tür.

«Es war ein wunderbarer Abend. Danke, dass du mich eingeladen hast.»

Fritz folgte ihm zur Tür und hielt einen Moment inne.

«Danke, dass du gekommen bist. Ich habe den Abend sehr genossen.»

Colin zögerte kurz, dann trat er näher und umarmte Fritz. Es war eine kurze, aber herzliche Umarmung, die mehr sagte als Worte.

«Bis bald», sagte er leise und trat hinaus in die Nacht.

Fritz schloss die Tür und lehnte sich dagegen, ein Lächeln auf den Lippen.

Kapitel 6

Es war ein regnerischer Montagmorgen, als Fritz in seinem Büro saß und die neuesten Entwürfe durchging. Die Investoren hatten ein Treffen einberufen, um über die Fortschritte und Änderungen zu sprechen, die Fritz und Colin vorgeschlagen hatten.

Fritz konnte die Unruhe in der Luft förmlich spüren.

«Herr Müller, wir haben Ihre Vorschläge durchgesehen», sagte Herr Schulz, einer der Hauptinvestoren, und lehnte sich zurück. «Und obwohl wir Ihre Bemühungen um Nachhaltigkeit zu schätzen wissen, machen wir uns Sorgen um die Kosten und die Machbarkeit.»

Fritz nickte und bemühte sich, ruhig zu bleiben.

«Ich verstehe Ihre Bedenken, Herr Schulz. Aber ich glaube fest daran, dass diese Änderungen nicht nur die Umwelt schützen, sondern auch den Wert des Projekts langfristig steigern werden. Nachhaltigkeit ist heutzutage ein starkes Verkaufsargument.»

Eine anderer Investorin, Frau Becker, schüttelte den Kopf.

«Das mag sein, aber wir dürfen die wirtschaftlichen Aspekte nicht außer Acht lassen. Diese Änderungen bedeuten zusätzliche Kosten und Verzögerungen. Wir müssen einen Weg finden, die Balance zu halten.»

Fritz spürte, wie der Druck auf ihm lastete. Er wusste, dass er Colin um Hilfe bitten musste, um die Investoren zu überzeugen.

Doch gleichzeitig begann er, die wachsenden Spannungen zwischen seinen beruflichen Verpflichtungen und seinen persönlichen Überzeugungen zu spüren.

Währenddessen hatte auch Colin mit Herausforderungen zu kämpfen.

Einige seiner Umweltfreunde waren skeptisch gegenüber seiner Zusammenarbeit mit Fritz und den Investoren geworden. Sie fürchteten, dass Colin zu nachgiebig sei und seine Prinzipien opfern könnte. Ganz davon abgesehen, dass so ziemlich jeder außer vielleicht ihnen beiden selbst die Anziehungskraft zwischen den beiden sehen konnte.

«Colin, bist du sicher, dass Fritz und die Investoren wirklich unsere Anliegen ernst nehmen?», fragte Lisa, eine langjährige Freundin und Mitstreiterin. «Ich habe das Gefühl, dass wir Kompromisse eingehen, die wir nicht eingehen sollten.»

Colin seufzte und sah Lisa ernst an.

«Ich verstehe deine Bedenken, Lisa. Aber ich glaube, dass wir eine echte Chance haben, das Projekt in eine Richtung zu lenken, die sowohl wirtschaftlich als auch ökologisch sinnvoll ist. Es ist ein schmaler Grat, aber ich vertraue Fritz.»

«Ich hoffe, du hast recht», antwortete Lisa skeptisch. «Aber wir werden genau beobachten, was passiert. Lass dir nicht von dem hübschen Kerl den Kopf verdrehen.»

Die Zweifel und der Druck von beiden Seiten begannen, an Colin zu nagen. Er wollte sowohl seine Freunde als auch Fritz nicht enttäuschen.

Doch je mehr er sich bemühte, alle zufrieden zu stellen, desto schwieriger schien es zu werden.

Am Abend trafen sich Fritz und Colin in einem kleinen Restaurant, um ihre Situation zu besprechen. Die Stimmung war angespannt, und beide Männer wussten, dass sie vor einer wichtigen Entscheidung standen.

«Die Investoren machen Druck», begann Fritz, als sie ihre Getränke bestellten. «Sie haben Bedenken wegen der zusätzlichen Kosten und der Verzögerungen.»

Colin nickte.

«Und meine Umweltfreunde sind besorgt, dass wir zu viele Kompromisse eingehen. Sie glauben, dass ich meine Prinzipien opfern könnte. Sie… denken, ich könnte von deiner Attraktivität abgelenkt sein.»

Colins Herz raste, als er das sagte. Es stimmte, er fand Fritz wahnsinnig attraktiv.

Fritz zog fragend die Augenbrauen hoch und lächelte, während er Colin für längere Zeit in die Augen blickte.

Dann holte er tief Luft und seufzte.

«Es fühlt sich an, als ob wir zwischen zwei Welten stehen und versuchen, das Unmögliche zu erreichen.»

Colin sah ihn an und spürte die Last, die auf beiden von ihnen lag.

«Vielleicht müssen wir einen anderen Weg finden, um unsere Vision zu ver-

wirklichen. Etwas, das beide Seiten überzeugt.»
«Das ist leichter gesagt als getan», erwiderte Fritz. «Aber ich gebe nicht auf. Wir haben schon so viel erreicht. Es muss einen Weg geben.»
Colin nahm einen großen Schluck von seinem Getränk und dachte nach.
«Vielleicht sollten wir ein gemeinsames Treffen organisieren – die Investoren und die Umweltgruppen. Lass uns alle an einen Tisch bringen und offen über unsere Ziele und Bedenken sprechen.»
Fritz nickte langsam.
«Das könnte funktionieren. Wenn wir alle gemeinsam an einer Lösung arbeiten, könnten wir die Zweifel ausräumen und eine Einigung erzielen.»

Kapitel 7

In Fritz' Büro herrschte reger Betrieb. Dokumente und Pläne waren auf dem großen Konferenztisch ausgebreitet, und Fritz stand zusammen mit Sophie Meier, seiner Kollegin, über die neuesten Präsentationsentwürfe gebeugt.
«Wir müssen sicherstellen, dass wir alle wichtigen Punkte klar und überzeugend darstellen», sagte Fritz und strich sich eine Haarsträhne aus dem Gesicht. «Die Investoren müssen verstehen, dass Nachhaltigkeit auch wirtschaftlich sinnvoll ist.»
Sophie nickte.
«Mach dir keine Sorgen, Fritz. Du und Colin habt großartige Arbeit geleistet. Ich bin sicher, dass ihr die meisten überzeugen könnt.»
Klaus Richter ein älterer, wohlhabender Geschäftsmann mit einem großen Einfluss in Grünsleben hatte das Baupro-

jekt von Anfang an unterstützt und war entschlossen, es ohne die vorgeschlagenen Änderungen durchzusetzen.
Herr Richter war von den geplanten nachhaltigen Maßnahmen nicht überzeugt und sah sie als unnötige Belastung und Verzögerung.
Er betrat das Bürogebäude von Fritz und nickte ihm und Sophie kühl zu.
«Herr Müller, Frau Meier», begrüßte er sie förmlich. «Ich habe von den Änderungen gehört, die Sie vorschlagen. Ich hoffe, Sie bedenken die wirtschaftlichen Konsequenzen sorgfältig.»
Fritz erwiderte den Blick fest.
«Herr Richter, wir sind überzeugt, dass diese Änderungen langfristig von Vorteil sind. Nachhaltigkeit ist nicht nur eine moralische Verpflichtung, sondern auch eine wirtschaftliche Chance.»
Klaus zog eine Augenbraue hoch.
«Das mag sein, aber ich werde sehr genau darauf achten, wie dieseÄnde-

rungen umgesetzt werden und ob sie wirklich notwendig sind.»

Mit diesen Worten verließ Klaus das Büro wieder, und Fritz spürte eine Welle der Anspannung. Klaus Richter war bekannt für seine Durchsetzungskraft und seine unnachgiebige Haltung. Fritz wusste, dass dieser eine ernsthafte Herausforderung darstellen würde.

Am Tag des Treffens herrschte im neutralen Veranstaltungsraum eine gespannte Atmosphäre. Vertreter der Investoren und Umweltgruppen trafen nach und nach ein und nahmen Platz. Fritz und Colin standen gemeinsam vorne und begrüßten die Anwesenden.

«Vielen Dank, dass Sie alle gekommen sind», begann Fritz. «Wir sind heute hier, um einen gemeinsamen Weg für das Bauprojekt zu finden, der sowohl wirtschaftliche als auch ökologische Ziele vereint. Herr Weber und ich haben intensiv daran gearbeitet, eine

Lösung zu entwickeln, die für alle tragbar ist.»

Colin nickte und fügte hinzu: «Es geht darum, das Beste für unsere Stadt zu erreichen, ohne die wertvolle Natur zu gefährden, die uns allen so am Herzen liegt.»

Sie begannen ihre Präsentation, erklärten die geplanten Änderungen und ihre Vorteile. Die Zuhörer hörten aufmerksam zu, doch Klaus Richter beobachtete das Geschehen mit kritischem Blick.

«Nochmals danke, dass Sie alle gekommen sind», sagte Fritz. «Wir möchten heute nicht nur über Zahlen und Pläne sprechen, sondern auch über unsere gemeinsame Verantwortung für die Zukunft von Grünsleben.»

Colin nickte zustimmend.

«Es geht darum, eine Lösung zu finden, die sowohl wirtschaftlich als auch ökologisch tragfähig ist. Wir haben in den letzten Wochen intensiv daran gearbeitet, einen solchen Plan zu entwickeln, und möchten Ihnen nun die Details vorstellen.»

Fritz startete die Präsentation und zeigte die ersten Folien, die die geplanten Änderungen am Bauprojekt illustrierten. Er sprach über die Verwendung umweltfreundlicher Baumaterialien, energieeffiziente Gebäude und die Integration von Grünflächen.

«Diese Maßnahmen erhöhen nicht nur die Attraktivität des Projekts, sondern tragen auch zur langfristigen Wertsteigerung bei», erklärte er.

Colin übernahm und sprach über die ökologischen Vorteile der geplanten Änderungen.

«Durch die Erhaltung wichtiger Lebensräume und die Implementierung nachhaltiger Praktiken können wir das Naturreservat schützen und gleichzeitig eine moderne, lebenswerte Umgebung schaffen.»

Die Zuhörer folgten aufmerksam, doch es war Klaus Richter, der die erste kritische Frage stellte.

«Herr Weber, Herr Müller», begann er und erhob sich von seinem Platz. «Ihre Vorschläge sind sicherlich gut gemeint, aber haben Sie die Kosten und die möglichen Verzögerungen wirklich berücksichtigt? Die Investoren haben ein berechtigtes Interesse daran, dass das Projekt pünktlich und im Budget abgeschlossen wird.»

Fritz blieb ruhig und antwortete. «Herr Richter, wir haben die Kosten genau kalkuliert und sind überzeugt, dass die Investitionen in Nachhaltigkeit langfristig wirtschaftliche Vorteile bringen. Es geht nicht nur darum, ein Projekt schnell abzuschließen, sondern etwas Wertvolles und Beständiges zu schaffen.»

Einige Investoren murmelten zustimmend, während andere skeptisch blieben. Die Diskussion wurde hitziger, als weitere Fragen aufkamen. Vertreter der Umweltgruppen betonten die Notwendigkeit, die Natur zu schützen, während einige Investoren Bedenken wegen der finanziellen Auswirkungen äußerten.

Klaus Richter nutzte jede Gelegenheit, um Zweifel zu säen und die anderen Investoren gegen die Änderungen aufzubringen.

«Wir müssen sicherstellen, dass wir keine unnötigen Risiken eingehen», sagte er. «Die ursprünglichen Pläne waren bereits gut durchdacht und finanziell abgesichert.»

Colin trat vor und blickte Klaus direkt an.

«Herr Richter, wir verstehen Ihre Bedenken. Aber wir glauben, dass es möglich ist, sowohl wirtschaftliche als auch ökologische Ziele zu erreichen. Es ist nicht nur eine Frage der Finanzen, sondern auch der Verantwortung gegenüber unserer Gemeinschaft und der Natur.»

Die Diskussion zog sich hin, und es wurde klar, dass nicht alle sofort überzeugt werden konnten. Doch allmählich zeigten sich erste Anzeichen von Verständnis und Kompromissbereitschaft. Einige Investoren begannen, die Vorteile der vorgeschlagenen Änderungen zu erkennen, und Vertreter der Umweltgruppen signalisierten ihre Bereitschaft, Kompromisse zu finden.

Gegen Ende des Treffens war die Atmosphäre immer noch angespannt, aber es herrschte ein vorsichtiger Optimismus. Fritz und Colin hatten ihre Standpunkte klar gemacht und wichtige Argumente geliefert.

Nachdem der offizielle Teil des Treffens beendet war, löste sich die Anspannung im Raum langsam auf. Die Teilnehmer bildeten kleine Gruppen und begannen, informell zu diskutieren.

Fritz ging auf Herrn Schulz und Frau Becker zu, die nach wie vor skeptisch waren.

«Herr Schulz, Frau Becker», begrüßte er sie freundlich. «Ich hoffe, wir konnten einige Ihrer Bedenken klären.»

Herr Schulz nickte langsam.

«Ihre Präsentation war überzeugend, Herr Müller. Aber ich bin immer noch besorgt wegen der zusätzlichen Kosten.»

«Das verstehe ich», antwortete Fritz. «Aber lassen Sie uns die langfristigen Vorteile nicht außer Acht lassen. Nachhaltigkeit wird in Zukunft immer wichtiger. Ein umweltfreundliches Projekt könnte uns einen Wettbewerbsvorteil verschaffen.»

Frau Becker, die bisher still zugehört hatte, ergriff das Wort.

«Das mag stimmen. Aber was ist mit den kurzfristigen Herausforderungen? Können wir wirklich sicherstellen, dass die Bauarbeiten im Zeitplan bleiben?»

Fritz nickte.

«Wir haben Maßnahmen geplant, um Verzögerungen zu minimieren. Und wir arbeiten eng mit Experten zusammen, um sicherzustellen, dass alles reibungslos verläuft. Lassen Sie uns diese Details in einem kleineren Kreis besprechen. Vielleicht können wir einige Ihrer Bedenken ausräumen.»

Unterdessen stand Colin in einer Gruppe von Umweltaktivisten und Vertretern lokaler Naturschutzorganisationen. Lisa, seine langjährige Freundin und Mitstreiterin, war auch dabei.

«Colin, das war eine beeindruckende Präsentation», sagte Lisa.

«Ich bin überzeugt, dass wir eine Lösung finden können, die alle zufriedenstellt», antwortete Colin. «Fritz und ich arbeiten hart daran, einen Weg zu finden, der sowohl die Natur schützt als auch die wirtschaftlichen Interessen berücksichtigt.»

Während Colin sprach, trat Klaus Richter an die Gruppe heran.

«Herr Weber, Sie sind ziemlich überzeugt von diesen Änderungen. Aber sind Sie sicher, dass sie realistisch sind?»

Colin sah Klaus direkt in die Augen.

«Ja, Herr Richter, das bin ich. Wir müssen die Zukunft unserer Stadt im Auge behalten. Das bedeutet, dass wir sowohl wirtschaftliche als auch ökologische Aspekte berücksichtigen.»

Klaus lächelte kalt.

«Nun, ich hoffe, dass Ihr Optimismus berechtigt ist. Ich werde genau beobachten, wie sich das entwickelt.»

Nachdem Klaus sich entfernt hatte, wandte sich Lisa wieder an Colin.

«Was hältst du von ihm?», fragte sie leise.

Colin seufzte.

«Klaus Richter ist ein harter Gegner. Aber ich glaube, dass wir ihn überzeugen können, wenn wir ihm zeigen, dass unsere Pläne nicht nur idealistisch, sondern auch pragmatisch sind.»

In der Zwischenzeit hatte Fritz es geschafft, Herrn Schulz und Frau Becker zu einem weiteren Treffen zu überreden, bei dem sie die finanziellen Details und die geplanten Maßnahmen zur Einhaltung des Zeitplans genauer besprechen wollten.

«Ich schätze Ihre Bereitschaft, weiter über dieses Projekt zu sprechen», sagte Fritz und verabschiedete sich höflich.

Er machte sich auf die Suche nach Colin, der immer noch von Umweltaktivisten umringt war. Fritz trat zu ihm und wartete, bis das Gespräch eine kurze Pause machte. «Colin, können wir kurz sprechen?»

Colin nickte und entschuldigte sich bei den anderen. Sie traten beiseite, und Fritz berichtete von seinen Gesprächen mit den Investoren.

«Ich glaube, wir haben Fortschritte gemacht», sagte er. «Die meisten sind

auf unserer Seite. Doch Klaus Richter macht es uns wirklich schwer. Ich verstehe nicht, was in ihm vorgeht. Bisher war er immer so nett und zuvorkommend mir gegenüber.»
Colin seufzte.
«Ja, das habe ich gemerkt. Aber wir dürfen uns nicht entmutigen lassen. Wer weiß, was für eine Laus dem über die Leber gelaufen ist.»
Fritz lächelte leicht.
«Du hast recht.»
Sie traten hinaus in die kühle Abendluft und atmeten tief durch. Sie waren erschöpften, fühlten sich aber optimistisch.

Kapitel 8

Die Sonne ging langsam unter, als Fritz und Colin das Konferenzzentrum verließen. Der Tag war ein Erfolg gewesen. Sie hatten es geschafft, die Mehrheit der Investoren und Umweltgruppen für ihre nachhaltigen Pläne zu gewinnen. Es war ein bedeutender Sieg, und die Erleichterung war ihnen beiden deutlich anzusehen.

«Ich kann es kaum glauben, dass wir es geschafft haben», sagte Colin und atmete tief durch. «Es fühlt sich fast surreal an.»

Fritz lächelte und legte eine Hand auf Colins Schulter.

«Wir haben hart dafür gearbeitet und es uns verdient. Lass uns diesen Moment genießen.»

Sie entschieden sich, den Abend mit einem gemeinsamen Essen in einem kleinen, gemütlichen Restaurant zu feiern, das für seine lokale Küche bekannt war. Das Restaurant war nicht weit vom Stadtzentrum entfernt, und die warme, einladende Atmosphäre bot den perfekten Rahmen für ihren Erfolg. Als sie an ihrem Tisch Platz nahmen, bestellten sie eine Flasche Wein und stießen auf ihren Sieg an.

«Auf die Zukunft von Grünsleben», sagte Fritz und hob sein Glas.

«Und auf unsere Zusammenarbeit», fügte Colin hinzu und lächelte Fritz herzlich an.

Das Essen war köstlich, und die Stimmung gelöst. Sie sprachen über die Herausforderungen, die sie überwunden hatten, und über die Pläne, die sie noch umsetzen wollten. Die Gespräche wurden persönlicher, und sie lernten einander auf eine tiefere Weise kennen.

Fritz erzählte von seiner Familie.

«Meine Eltern haben mich immer unterstützt», begann er. «Mein Vater ist

Zimmermann und hat mir beigebracht, wie wichtig es ist, hart zu arbeiten. Meine Mutter ist Lehrerin, und sie hat immer darauf bestanden, dass Bildung und Wissen der Schlüssel zu einem erfolgreichen Leben sind. Ich habe einen jüngeren Bruder, der vor kurzem ein kleines Café in der Altstadt unseres Ortes eröffnet hat. Wir sind eine sehr enge Familie und treffen uns oft, um wichtige Entscheidungen zu besprechen oder einfach zusammen zu feiern. Auch wenn ich seit ein paar Jahren in Grünsleben wohne, besuche ich sie alle paar Wochen.»

«Das klingt wunderbar», sagte Colin. «Es muss schön sein, so eine unterstützende Familie zu haben.»

Fritz lächelte.

«Ja, das ist es. Mein größter Traum ist es, nicht nur beruflich erfolgreich zu sein, sondern eines Tages ebenfalls eine Familie zu haben.»

Colin nickte zustimmend.

«Das ist ein schöner Traum. Es ist toll, wenn eine Familie so zusammenhält. Leider sind meine Eltern schon früh verstorben.»

«Das tut mir sehr leid», Fritz legte eine Hand auf Colins Schulter und drückte sie kurz. «Und was hat dich dazu gebracht, dich so leidenschaftlich für den Umweltschutz einzusetzen?», fragte er neugierig.

Colin lächelte und begann zu erzählen.

«Es fing alles an, als ich ein Kind war. Mein bester Freund Lukas und ich haben unzählige Stunden in den Wäldern und Feldern von Grünsleben verbracht. Eines Tages, als wir etwa zwölf Jahre alt waren, entdeckten wir eine illegale Mülldeponie im Wald. Die Verschmutzung und die Zerstörung der Natur haben mich tief getroffen.»

Fritz hörte aufmerksam zu.

«Das muss schrecklich gewesen sein. Wie habt ihr darauf reagiert?»

«Lukas war genauso erschüttert wie ich», fuhr Colin fort. «Er begann, alles zu dokumentieren und darüber zu schreiben. Diese Erfahrung hat unsere späteren Lebenswege geprägt. Lukas wurde ein leidenschaftlicher Journalist, der Missstände aufdeckte, und ich widmete mein Leben dem Schutz der Umwelt. Wir haben damals viel erreicht. Wir haben die Aufmerksamkeit der lokalen Behörden auf die Mülldeponie gelenkt und sie schließlich schließen lassen. Seitdem wusste ich, dass ich mich für den Umweltschutz einsetzen wollte. Es gibt so viel zu tun, und ich möchte meinen Teil dazu beitragen, die Welt zu einem besseren Ort zu machen.»

Fritz war tief beeindruckt.

«Das ist unglaublich, Colin. Du und Lukas habt wirklich etwas bewirkt. Es ist inspirierend zu hören, wie ihr euch so früh schon für das Richtige eingesetzt habt.»

«Danke», sagte Colin leise. «Lukas und ich haben uns geschworen, immer für das einzustehen, was richtig ist. Dieser Schwur hat mich all die Jahre begleitet. Lukas war mit mir zusammen in Berlin. Er ist jetzt gerade am Amazonas und schreibt einen Bericht über die Abholzung des Regenwaldes.»

«Da hat er sich ein ernstes und schweres Thema ausgesucht. Beeindruckend.»

«Ich bin so froh, dass wir uns gefunden haben», sagte Colin schließlich und sah Fritz in die Augen. «Es fühlt sich an, als könnten wir zusammen wirklich etwas bewegen.»

«Das geht mir genauso», erwiderte Fritz. «Du hast mir eine ganz neue Perspektive eröffnet, und ich bin dankbar für alles, was wir gemeinsam erreicht haben.»

Kapitel 9

Nach dem Essen entschieden sie sich, einen Spaziergang durch die ruhigen Straßen von Grünsleben zu machen. Die Nacht war klar und kühl, und der Mond warf ein sanftes Licht auf die Stadt.

Sie kamen an einem kleinen Park vorbei und setzten sich auf eine Bank, von der aus sie den Sternenhimmel beobachten konnten.

«Es ist so friedlich hier», sagte Colin leise. «Ich liebe diesen Ort.»

«Ich auch», antwortete Fritz und legte seinen Arm um Colin. «Und ich liebe es, diese Momente mit dir zu teilen.»

Die Spannung zwischen ihnen wuchs, und sie fühlten sich zueinander hingezogen. Fritz drehte sich zu Colin und sah ihn tief in die Augen.

«Colin, ich…» begann er, doch die Worte blieben ihm im Hals stecken.

Colin lächelte sanft und legte eine Hand auf Fritz' Wange.

«Ich weiß, Fritz», sagte er leise. «Mir geht es genauso.»

Sie beugten sich zueinander und ihre Lippen trafen sich in einem sanften, aber intensiven Kuss. Es war ein Moment der völligen Verbundenheit, der alle Sorgen und Ängste für einen Augenblick verschwinden ließ. Als sie sich schließlich voneinander lösten, sahen sie sich tief in die Augen und wussten, dass sich etwas Bedeutendes zwischen ihnen verändert hatte.

«Möchtest du mit zu mir kommen?», fragte Fritz schließlich und hielt Colins Hand fest.

«Ja», antwortete Colin leise. «Das möchte ich.»

Der Weg zu Fritz' Wohnung war von einer stillen Spannung durchzogen. Beide Männer spürten, dass etwas Großes und Bedeutungsvolles in der Luft lag. Sie hielten sich an den

Händen, und jedes noch so kleine Geräusch der nächtlichen Stadt verstärkte das Gefühl der Intimität zwischen ihnen.

Als sie die Wohnung erreichten, schloss Fritz die Tür hinter ihnen und führte Colin ins Wohnzimmer. Die moderne, aber gemütliche Einrichtung strahlte eine Wärme aus, die den Augenblick perfekt machte. Fritz bot Colin etwas zu trinken an, doch Colin lehnte lächelnd ab.

«Ich brauche nichts außer dir», sagte er leise und trat näher an Fritz heran.

Fritz lächelte zurück und zog Colin sanft in seine Arme. Sie standen für einen Moment einfach nur da, hielten sich fest und genossen die Nähe. Es war, als hätten sie beide lange auf diesen Augenblick gewartet, und nun, da er endlich gekommen war, wollten sie ihn in vollen Zügen genießen.

Langsam begann Fritz, Colin zu küssen. Zuerst vorsichtig und zärtlich, dann immer leidenschaftlicher. Sie verloren sich in dem Kuss, ließen all ihre Sorgen und Ängste hinter sich und gaben sich ganz dem Moment hin.

Fritz führte Colin schließlich ins Schlafzimmer, wo sie sich langsam auszogen und ins Bett sanken. Die Nacht war erfüllt von sanften Berührungen, leisen Worten und einer tiefen Verbundenheit, die über das Körperliche hinausging. Sie entdeckten einander auf eine Weise, die sie noch näher brachte und ihre Beziehung auf eine tiefere Ebene hob.

Am Morgen erwachten sie in den Armen des anderen, das erste Licht des Tages strömte durch die Vorhänge. Colin lag mit dem Kopf auf Fritz' Brust und hörte dem gleichmäßigen Schlag seines Herzens zu. Es war ein Moment der vollkommenen Zufriedenheit.

«Guten Morgen», murmelte Colin und hob den Kopf, um Fritz anzusehen.

«Guten Morgen», erwiderte Fritz mit einem Lächeln. «Wie hast du geschlafen?»

«Wunderbar», sagte Colin. «Bei dir fühle ich mich sicher und geborgen.»

Fritz strich ihm sanft über die Wange.

«Ich bin so froh, dass du hier bist. Es fühlt sich richtig an.»

Sie verbrachten den Morgen in entspannter Zweisamkeit, frühstückten gemeinsam und sprachen über ihre Pläne für die Zukunft. Trotz der Herausforderungen, die vor ihnen lagen, fühlten sie sich bereit, alles gemeinsam anzugehen. Ihre Verbindung war stärker denn je, und sie waren fest entschlossen, für ihre Vision zu kämpfen.

Später am Tag gingen sie gemeinsam ins Büro, wo sie weitere Vorbereitungen für das Bauprojekt trafen.

Kapitel 10

Der Erfolg des gemeinsamen Treffens hatte Fritz und Colin ermutigt, doch Klaus Richter war alles andere als besiegt. Verbittert über den Einfluss, den Colin auf das Bauprojekt gewonnen hatte, und eifersüchtig auf die aufkeimende Beziehung zwischen Fritz und Colin, plante Klaus seine nächsten Schritte. Für Klaus war es nicht nur das Projekt, das auf dem Spiel stand; er hatte seit Jahren heimliche Gefühle für Fritz gehegt. Er hatte diese nie offen gezeigt, denn er fand es unnatürlich, so zu empfinden.

Fritz und Colin wussten nichts von Klaus' Eifersucht. Sie waren zu sehr damit beschäftigt, die positiven Entwicklungen ihres Projekts zu feiern und ihre Beziehung zu vertiefen. Ihre gemeinsamen Erlebnisse und der kürzliche Erfolg hatten sie näher zusammengebracht, und sie waren optimistisch, dass sie gemeinsam alles schaffen konnten.

Während Fritz und Colin sich auf ihre Arbeit konzentrierten, bereitete Klaus seine hinterhältigen Pläne vor. Er sammelte Informationen und suchte nach Schwachstellen, die er ausnutzen konnte. Klaus wusste, dass er gezielt vorgehen musste, um seine Gegner effektiv zu treffen.

Eines Abends fiel Klaus' Plan in sich zusammen. Er hatte erfahren, dass das Bauprojekt jetzt so umgesetzt werden sollte, wie Fritz und Colin es geplant hatten.

Die beiden verließen gerade das Büro und unterhielten sich freudig über die Zusage, die sie heute erhalten hatten.

In den Schatten eines nahegelegenen Gebäudes versteckte sich Klaus, beobachtete sie und wartete auf den richtigen Moment. Als Fritz und Colin an ihm vorbeigingen, trat er aus den

Schatten hervor und folgte ihnen unbemerkt. Er konnte hören, wie sie lachten und sich über den Tag unterhielten, und es machte ihn wütend, dass seine Bemühungen, sie zu stoppen, bisher erfolglos geblieben waren. Und dann hielten die beiden auch noch Händchen!

Als sie eine abgelegene Straße erreichten, beschleunigte Klaus seine Schritte und trat auf sie zu.

«Colin! Fritz!», rief er, seine Stimme klang kalt und bedrohlich.

Fritz und Colin drehten sich überrascht um und sahen Klaus auf sie zukommen.

Er blieb nur wenige Schritte von ihnen entfernt stehen. Seine Augen funkelten vor Zorn, und es war klar, dass er nicht zum Reden gekommen war.

Colin spürte die Gefahr und stellte sich schützend vor Fritz.

«Was willst du, Klaus?», fragte er fest.

«Was ich will? Ich will, dass ihr beiden aufhört, alles zu zerstören, wofür ich gearbeitet habe!», fauchte Klaus. «Dieses Bauprojekt ist meine Chance, und ich werde nicht zulassen, dass ihr es ruiniert! Ihr verdammten Schwuchteln!»

Bevor sie reagieren konnten, stürzte sich Klaus auf Colin. Er packte ihn am Kragen und schlug ihn gegen die Wand eines Gebäudes. Fritz rief entsetzt nach Hilfe und versuchte, Klaus von Colin wegzuziehen, doch Klaus war stark und entschlossen.

Colin wehrte sich, so gut er konnte, aber Klaus' Wut machte ihn unberechenbar.

«Du wirst alles verlieren, Colin! Alles, was du aufgebaut hast, wird zerbrechen!», schrie Klaus, während er versuchte, Colin zu Boden zu zwingen.

In diesem Moment gelang es Fritz, Klaus zu packen und ihn mit aller Kraft von Colin wegzuziehen.

«Lass ihn los!», rief Fritz und drückte ihn gegen die Wand. «Das ist genug!»
Klaus rang nach Luft und stieß Fritz schließlich von sich.
«Das ist noch nicht vorbei», zischte er. «Ihr werdet schon sehen. Ich werde euch beide zu Fall bringen.»
Mit diesen Worten drehte sich Klaus um und verschwand in der Dunkelheit, während Fritz und Colin keuchend und erschöpft zurückblieben. Die Attacke hatte sie beide tief erschüttert, und es war klar, dass die Bedrohung durch Klaus ernster war, als sie gedacht hatten.
Fritz half Colin auf.
«Geht es dir gut?», fragte er leise.
Colin nickte, obwohl sein Körper, vor allem sein Bauch, schmerzte.
«Ja, ich denke schon. Danke, dass du mich gerettet hast.»
«Wir müssen zur Polizei gehen», sagte Fritz entschlossen. «Klaus ist gefährlich.

Er wird nicht aufhören, bis er bekommt, was er will.»

Colin stimmte zu.

«Ja, wir müssen etwas unternehmen. Aber zuerst sollten wir sicherstellen, dass wir beide in Sicherheit sind.»

Plötzlich brach Colin zusammen.

Erst jetzt konnte Fritz das Blut sehen, das unter Colins Hand hervorquoll, mit der er sich den Bauch hielt.

«Colin? Oh mein Gott!» Fritz zog sein Handy hervor und rief einen Krankenwagen und die Polizei.

Danach kniete er sich verzweifelt zu Colin und versuchte, mit beiden Händen die Wunde zuzuhalten, damit dieser nicht verblutete.

Kapitel 11

Colin lag im Krankenhausbett, die Wände des Zimmers waren weiß und steril. Die Schmerzmittel hielten die schlimmsten Schmerzen in Schach, doch die Wunde in seinem Bauch erinnerte ihn ständig an den brutalen Angriff von Klaus. Die Ärzte hatten ihn beruhigt: Der Messerstich hatte keine lebenswichtigen Organe verletzt, aber die Heilung würde Zeit brauchen.

Fritz saß auf einem Stuhl neben Colins Bett und hielt seine Hand. Er hatte die ganze Nacht bei ihm verbracht, seine Augen zeigten Müdigkeit und Sorge.

«Wie fühlst du dich?», fragte Fritz leise, als Colin die Augen öffnete.

«Es geht schon», antwortete Colin mit schwacher Stimme. «Es tut weh, aber ich werde es überstehen.»

Fritz nickte und drückte seine Hand fester.

«Die Polizei sucht nach Richter. Sie werden ihn finden und verhaften. Er wird dir nichts mehr antun können.»
Colin lächelte schwach.
«Danke, Fritz. Mir hilft es schon, dass du bei mir bist. Das gibt mir Kraft.»
Ein Klopfen an der Tür unterbrach ihre Unterhaltung. Die Tür öffnete sich, und Lisa trat ein. Ihre Augen waren gerötet, als hätte sie geweint.
«Colin, oh mein Gott, ich bin so froh, dass du in Sicherheit bist!», sagte sie und eilte zu seinem Bett.
«Lisa», sagte Colin, seine Stimme klang beruhigend. «Mir geht es gut. Es hätte schlimmer sein können.»
Lisa setzte sich auf die andere Seite des Bettes und nahm Colins andere Hand.
«Ich kann nicht glauben, dass Herr Richter so weit gegangen ist. Ich hätte nie gedacht, dass er so gefährlich sein könnte.»
«Wir alle haben ihn unterschätzt», sagte Fritz. «Aber jetzt müssen wir sicherstel-

len, dass er nicht noch mehr Schaden anrichten kann.»

«Die Polizei wird ihn finden», sagte Lisa bestimmt. «Und wir werden weiterhin hinter dir stehen, Colin. Das ganze Bauteam ist nach wie vor bereit, das Bauprojekt genau so umzusetzen, wie du und Fritz es vorgeschlagen haben. Seine wahren Motive sind jetzt allen klar.»

Colin fühlte eine Welle der Erleichterung und Dankbarkeit.

«Danke, Lisa. Das bedeutet mir sehr viel.»

«Du hast es dir verdient», antwortete Lisa. «Du hast so hart gearbeitet und dich für das Naturreservat eingesetzt. Wir lassen nicht zu, dass Richters Taten deine Bemühungen zunichtemachen.»

Während Colin sich im Krankenhaus erholte, war Fritz ständig an seiner Seite. Er kümmerte sich nicht nur um Colins Bedürfnisse, sondern auch um die organisatorischen Belange des Bauprojekts.

Eines Nachmittags, als Colin nach einem Nickerchen erwachte, sah er Fritz an seinem Laptop arbeiten.

«Was machst du da?», fragte Colin neugierig.

Fritz blickte auf und lächelte.

«Ich lese gerade die Mails der Bauunternehmer. Sie haben bereits mit dem Bau begonnen.»

Colin nickte erfreut.

«Das klingt einfach großartig.»

Am nächsten Tag trat Herr Schulz ins Krankenzimmer.

«Fritz, Colin», begann er und trat näher. «Ich wollte euch persönlich ein paar Bilder der Baustelle zeigen. Es war nicht einfach, um das Reservat herum alles so auszugraben, dass die Tiere nicht gestört werden, doch wir haben es geschafft.»

Er zog sein Smartphone hervor und zeigte ihnen die Fotos des Baufortschrittes.

Colin lächelte.

«Das sieht wirklich toll aus! Ich freue mich so sehr, dass es geklappt hat.»

Fritz, der neben ihm saß, gab ihm einen Kuss auf die Stirn.

«Noch besser wäre es gewesen, wenn Richter nicht durchgedreht wäre.»

Während Colin sich erholte, wurden Fritz und er immer wieder von Besuchern und Unterstützern umgeben.

Paul, ein junger Aktivist, der sich stets für den Umweltschutz eingesetzt hatte, brachte eine Karte, die von vielen Menschen unterschrieben war.

«Das ist für dich, Colin», sagte er und überreichte die Karte. «Wir alle wünschen dir eine schnelle Genesung.»

Colin nahm die Karte dankbar entgegen und las die herzlichen Botschaften.

«Danke, Paul. Das bedeutet mir sehr viel. Es ist schön, zu wissen, dass so viele Menschen hinter uns stehen.»

Später am Tag kam Lukas, Colins bester Freund zu Besuch.

«Hey, Colin», sagte er und setzte sich ans Bett. «Ich bin gestern von meinem Auslandsaufenthalt zurückgekommen. Ich wollte dich direkt besuchen, um zu sehen, wo du gelandet bist und habe dann erfahren, was passiert ist. Da bin ich einmal ein paar Wochen weg und du lässt dich von so einem Idioten abstechen! Als wenn es nicht schon genug wäre, dass du jetzt so weit weg wohnst.»

«Es geht mir besser», antwortete Colin lachend. «Die Ärzte sagen, dass ich bald wieder auf die Beine kommen werde. Wie war es im Dschungel?»

«Ach, anstrengend. Merkwürdig, so ganz ohne Internet und Telefon. Ich bin froh, dass ich wieder hier bin», sagte Lukas. «Ich habe noch gestern Abend

einen Artikel über den Angriff geschrieben und wie er das Bauprojekt beeinflusst. Es ist wichtig, dass die Leute wissen, was wirklich passiert ist.»
«Danke», sagte Fritz.
«Ich bin froh, wenn ich helfen kann», sagte Lukas. Er hielt Fritz seine Hand hin. «Lukas Krämer. Danke, dass du Colin das Leben gerettet hast. Er ist schließlich mein bester Wingman. Die Mädels vertrauen ihm einfach mehr als mir auf den ersten Blick.»
Seine blauen Augen blitzten auf, als er Fritz angrinste.
Fritz ergriff lächelnd Lukas' Hand und stellte sich ebenfalls vor.
«Scheint, als hätte Colin endlich jemand Anständigen gefunden», sagte Lukas freundlich. «Ich freue mich für euch.»

Kapitel 12

An nächsten Morgen saßen Fritz und Colin im Krankenhauszimmer und sahen die Nachricht von Klaus Richters Festnahme im Fernsehen.
«Sie haben ihn gefasst», sagte Fritz, als er den Bericht sah. «Er wird für das, was er getan hat, zur Rechenschaft gezogen.»
Colin nickte und atmete tief durch.
«Das ist eine große Erleichterung.»
Fritz nahm Colins Hand.
«Wir haben viel durchgemacht, aber jetzt können wir nach vorne schauen.»
Colin lächelte und drückte Fritz' Hand.
«Ja, das können wir.»
Ein paar Tage später wurde Colin aus dem Krankenhaus entlassen. Fritz stand an seiner Seite, als er langsam aus dem Gebäude trat und die frische Luft einatmete. «Es fühlt sich so gut an, wieder

draußen zu sein», sagte Colin und streckte sich.

«Es ist schön, dich wieder bei mir zu haben», antwortete Fritz. «Ich habe eine Überraschung für dich.»

Colin blickte neugierig auf.

«Was denn?»

«Warte es ab», sagte Fritz mit einem geheimnisvollen Lächeln. Sie fuhren gemeinsam zu Fritz' Wohnung, wo ein kleines Willkommensfest vorbereitet war. Freunde, Kollegen und Unterstützer hatten sich versammelt, um Colins Genesung und die Fortschritte beim Bauprojekt zu feiern.

«Überraschung!», riefen alle, als Colin und Fritz die Wohnung betraten.

Colin war sichtlich gerührt.

«Danke euch allen. Das bedeutet mir sehr viel.»

Epilog

In den folgenden Monaten arbeiteten Fritz und Colin unermüdlich daran, das Bauprojekt erfolgreich abzuschließen.

Die Baustelle war ein Ort des Fortschritts und der Zusammenarbeit. Die umweltfreundlichen Maßnahmen wurden wie geplant umgesetzt, und das Ergebnis war beeindruckend.

Moderne, nachhaltige Gebäude, die in die natürliche Umgebung integriert waren, entstanden und setzten ein Zeichen für die Zukunft von Grünsleben.

Eines sonnigen Tages standen Fritz und Colin auf der fertigen Baustelle und betrachteten das Ergebnis ihrer harten Arbeit.

«Es ist wunderschön», sagte Colin und lächelte stolz.

«Ja, das ist es», stimmte Fritz zu. «Und es ist erst der Anfang. Wir haben gezeigt, dass nachhaltige Entwicklung möglich ist.»

Fritz und Colin hatten nicht nur ein erfolgreiches Bauprojekt abgeschlossen, sondern auch eine tiefe und liebevolle Beziehung aufgebaut. Sie standen nun als verheiratetes Paar fest im Leben und unterstützten sich gegenseitig in allem, was sie taten.

Ihr Erfolg hatte gezeigt, dass es möglich war, sowohl wirtschaftliche als auch ökologische Ziele zu erreichen.

An einem ruhigen Abend saßen sie zusammen auf der Veranda eines der neuen Gebäude und sahen den Sonnenuntergang.

Sie sind dort eingezogen, um täglich ihren Erfolg ihrer Zusammenarbeit zu erleben.

«Wir haben es geschafft, Fritz», sagte Colin leise. «Wir haben unsere Vision Wirklichkeit werden lassen.»

«Ja, das haben wir», antwortete Fritz und legte seinen Arm um Colin. «Und

ich freue mich darauf, unsere Zukunft gemeinsam zu gestalten.»
Colin lehnte sich an Fritz und lächelte.
«Ich auch. Mit dir zusammen ist alles möglich.»
Auf dem Tisch lag eine Urkunde. Darauf stand ‚Adoption bewilligt'.